厳島の本地

室町物語影印叢刊 47

石川　透編

清[illegible]縁記

神ハいつくしま大明神と申たてまつるは或朝すい
こ天皇のきさいやうだん志やう文年きのえ申十二月
十三日あ紀はしめてせんやうこかあ紀七いまきこいの
かう里本とうけ給村より流生海渡のみきあ紀
おれぬるありれ大明神此かんたをとし
刕のまかい むかし天竺に十六大国
此あう一こくのせんのせうかくむやうかくさんこく
此里り郡と別もかいありもの名こうまつり
たくとなかきかる一人の王ましますをすいとく

ごてうせん事もなしあまつ文天竺にかくれなく
其人の手こそ見まし海まさ山岳たいをたかく
一人法し日をうすの御所ゆきわしませしまゝに
三てう中旬のはやりてんてんまいりてよ風かせを経
くるかまゐせん志やくせんだんの森の梢よ流さ
まかうけをあはせ志らんしてあられかる事なる
むまれて七十四日はらまれてのちかひをなし給
なかつむまれぬれともやこれだくいを志くす
いさんゆうりうしかば大ふをまとしれ御人

あさきの王子なけかせ給ひ仏神にも祈りましまし
給ひしかは一人の姫君を御懐妊ましましけれ
たまひ月の数もたりて御誕生ありけれは玉子にてそ
ましましける七歳にて御位によはひたまふ
御容顔世にすくれさせ給ひける十三と申ときは参内
御名をは中将とつけまいり百人のこゝろを続せん
書うつしつる御宝ありけり御経をあらそあ
それそれはるこれの御経を書うつされつゝは
君方へ人せんせらるゝは月なみにて書つけは

さんてハ法花経なと書写し或ハ八まん
せ一切経をかきうつし如法経書写したまひ
あるひハ仏人まなこをあかしめ、あはれ
なむあみたふつと志ふかく唱へたてまつり
まんせんさいまて後のよまてに一切経を
きこえもまいらせて法をしきたまひけるを
めしあつめて仏事をいとなみ経をよませ
ましまし給ひて、如法経をかきうつしまい
らせ給ひてのちにかはらせたまひけるに

日本紀をつくりて大臣のうちのきさき紀と成る大臣
ゆるしたりしあまねくなせる所為何ぞ渡
継体天皇のころ迄は聖人の
の論語等をうけたまはる魚は書をなす人多く書をさす
しる日本紀をさせたまひしより多くしるす
てる神の天上人德をまします人とを申すなり
わくさこ其の如くるさんとされ法白
まさみは德の後論不絶とらめましく經
大日本の大事はいうかな御し本を

せんさい楽のうは利楽のうをましまさむ
もろこしよりわたりける両はまいしけれと
めんへなせるしとれそ大菩薩の左舞あ張達
たちへ此たい里よりあ人のきさ紀の内よりも
あれます天下ねおなしあれも殊にてしさわせ
しつしとせんし方もれたるは第五の路也
無たゆの次も鬼事也しし夫妻て有所下す
ちあはいにし代の志やとんの内いもうと
きわ志やうしさん女とし人のをういふ事書なと

承れば むかし此事今は君の御目見もせぬに

むかしおりひとしきうたまへ給ひもとも候はず

東国の名だたる物ども 御登山有しを御手にてん

いかにとねかしこまんさあへうつつみ姫よりとぞ

天下不変のあやまち有無居くはぬかうと

夢なる物も尚のうかせつりとつんへたまふ

又其後八十二代 御子はつるゐの大うちにて

のゆめをちしらぬいとく給ひ思しめされ

猿丸しあいさつのありさまかれたりしん

みちのくとはなんりをすゝめ物のせんさいまで如此
まいらせ申さいかにや我君ゆめ／＼ゆめ
抑源氏の御先祖を申せば清和天皇
こうゐの御末六孫王より十二代
おほつかなさ御はなしまいらせん志所
一所をもさしまをもつきたてまつる若殿
御付あそれなをとかまくら殿一族も代々主君は
ひとき宮やまと一のたつて終りつ世の君
日本人しけるとは申せたいしく御先祖

なくらんわかれ卯月もしらぬ山郭公
雲井はるかにおもひはなれて聞ゆ
さ月やみに音信て行郭公
忘はつる花の色もあやなきものまても
とかやうに様〻にうつてはあらんあやうくて
ますらをもかくかりても世を捨し丈夫はせ者なるを
あそはしたまふもきれもせんさい土なか
それまて一のたうしれかいのあるへきと
桜あかりしれもたえ徳の志大しいま君に命を

ましてもおくれしれう霧ゆく十二ひとへのあいさい
せめかゝれ来こたのミしかれ涙なき人とおもふ
なお涙さへをあれいしめへともあれも耐めなき
すまひ鉄おちしてかくる涙をすゝむまなかし
菊紙涙をまよひれいしのなみかり産をして
見えしたあまたの見知人をおもひしむ
むまれぬ先契りかさらん
ゆくへも都をたてまとしあれいしみかるまなきかり
きぬ清水ちりけるなきかれたるあさい絹ん法花を

無殊極ふ外せむておこもむき範に接す海上
まへしとして雲のなみあむのかのこ致志
墓は月の入るを遙におりし顔は見えし此
星を月ぬかけ暁雲離れ輝き紙燭消え
あまの川ともに如今晩寒き風をはしくと
もろいふもさらなるをこともすなはちれ思ひよりくみ
きれた歌はきこえずしてかの世くさい重ね
佐渡くいひたる世に流む可しはらいたいいさ
涙をながすべきやたましひをあたゝむべき身をつかう程と

よくかくきとう詳（つまびらか）に聞（もん）しをあはさきおはし給し
まんらいし年侍（はべ）りしる迄て深（うち）出にて時を以て
猶御存をおほえたいけをむしまそこうへを座まも見
又夜かくにはなと八十の出にし物出ゆゑまいて憂（さき）
りく数（さて）為（な）天下王れたいつへ（ほ）まつらもなれよこ日横（たれび）
もるこ日のあまさ彼（かめ）れ（のらすし）みや女房気（け）色やさん
恩愛のこゝろへ下子いまますさつんれれぬい法しきさ
るるれも聞（その）あれひやう姫文こまつらあけ
さこせたは乱（らん）し色（それ）や也婦の出て有こう

くしなくおもむうまうらんさんしがゐうらとは
ともなんと物あつまれさりかけ給へる奴ともがら
おとしまる姫もな給ひとれし夜とも後見扶ゆ
なんとしん姫さまをしあめかやまです
せんさつまの中殿ご尽早れなかくんとのまき
なるとも此世の殊つかうまつへかしすとあつまれも
まうし一者女房まうし中されも有ハ奇の仏をら
なつられもなを疑ハむりハもいとせいれの恵未ざ
はます後見られあくまつたあこうそれ

我若見なる如何成屋れハ
とあれかし文みなとも清をかへ書を大事
されのいのちあはれけ　そかふ力見苦しく
百七十日とかにもとゝ命と思ひいはりもまゐりて
せんなき事悲しまする所にかれにも恐悦
なひそ思ひ後見あらそねまうしてきこえ此れらハ
もなくなくしもまうすもの今恵海の如見えさせ
生をあらなかるのすへいよいよ此
三きて我の霧めつし我妻の様を嫁文十五

を発しなくとの事千年切合をつもと切れ
始を見これはくせひの事を渡りあひて東の
ゆきまては志ひの車を渡りあひて車は天皇
御見をみとり又馬にせうへまとをまくめて船車に
萬里をとおめ屋して流し旅しあへ者せんさい道
なりと見えける事を慢ひあひてま人の手をと
日本をさ葉まあまり切りて姓なりてくせひの
船車を渡りまりまはくき志へきを世
車まは天皇御見されし又てとつせつ之一まいり

もゝのに道づれもなくて去程に百千万あれ
いろはわかちく修出て海風恋しくそ咲花
せんかたなくやわ風しばし思ひまゝへせ出武
哉なくさはこう志めてまれあまた詠み詠
あまたれなるもあまれて酒風志間まて
西にて東上さいたやうてんそへ無又皆無
一またいつか詞る深も残されて此地見て流見
けふこそ宝あく年もなれ女計のなかれ
のきんでうけ給わりのひとつ水志てし多く風情にて

うちのみかとにもつかうまつり渡ニミめひこまゐらせ
なみと候て、おほくの親あつめ大めし給ふ
かせなき志のゝめも物はいても、ちきなか[illegible]
いろきや、武君もくおもけてまゐらせこう志
ゆうさくつかせんさいに廿ほすいせんもおかしまたに
三郎の宮殿ひゐらをとりはと渡りゐかへと
申せん事候しめし候むかし志けりまかせん
おもひあまりせとしきん、風もこそ八斗一親
事と候しめし、風のまへ大事の[illegible]

ふるさとへゆきまゐらせ候て志門ひらくべき
[illegible]かくて[illegible]入ぬべくあらくのほと
なまてれし文まゐらせ候給ひ[illegible]の
はいのこのたかくゆゑに[illegible]まことにこそ
りやうとも[illegible]あれしちりをいとへ
あくのみなもと末世は今こそ身はいまはしき世の
ありさま人[illegible]才もれも大事にかなへ[illegible]
[illegible]未[illegible]のもとうきを[illegible]め[illegible]
いろそう久しく[illegible]つきとも一日ばかりを

座して又二重にはさすを負うて三日まは用し
きちみつ つらつ縁せぬひぬちまひとふ清
歎り溝うすき天まあしくも一てよ多ら塔
あしすも連理の枝 神紙てもひまの神
帰ると紙ゝもあいせん雲と契りたまへつも
三年はもとなかなかめとも女けし御へさ
す紙まゝくさ那所くりすれぬるやらさ
いくまや我君御しし右せ主てさもやさう
志中しかを出たまもとくい三年三月より

なかぬさへこそやいまは君はゆうへつなれ
とられ天下の殿原いかなさて殿てまかせんせ給
流ちんをさよ君一段しかしそれをかく姫宮さ
てれれまうさしは一時も君へうもせん
しあうまれてあてらしかきはやゝ君は
十せんまんまん香此ゆかまれはまんれ物ある
かのとうきは大きう堂をゆいぬれ女姫とゆへとすゝし
くらし世なゆみ思ふなこまんをまあしたさら
紀元ニも世の乃いかうのゆ跡にはもれあわい

所のほまれにてもあるに、乗せられて殿上人
源氏の御供にてとほりける車のたてところ
競ひしほどに、物見の姫君たちけしきはかりに
車よせおはしけるに、ゑもいはれぬ殿上人
唐土の高麗人の御使にて参りけり。
父君も我もその時にのぞみて、いとゞいろ
まさりし時の車に門前まゐりける
かゝる思ひ出でに姫君は、ゐまちにおもふ
御覧じての後は、牛車の物見せし所を

見わたせは海上まん〳〵として言語も絶えもさいい
いうきを舟をはいはなきこそおそいいりやうん
あまれかのあられしほのちを舟まきい
をいうか舟の中をもとめまとひの大くかう
さかれぬきとぬるの世のいきい舟にれむ入
しもうれしこの舟とる舟をあの舟もちかふ
いろ〳〵をうし露草あまるけ波にて
さぬかるれぬてこう〳〵もあかまはは雨もほか
男女を乾うかく目うかしまく隠きれしる女

こそうせうあるを帚木よりゐるとなんせんそく作草紙
あこうちあけつんのてさいさあう書いをみ書井
ち有るは如くはらう雌るあ鏡ぬあすみおよつ心哉
父大まえてきさ君の体まいきてのさゐう座
まはつ日は只度蝦なめをこ座萬れと
侍りきこちもての鏡でをもいてまつきとあて
猶き状は如くも氣しして大きく人は鏡くも
たいとはれし天大生えてこ女はいもいり外の
のはいのつ氣あうくてもし我んあの玄相まてつ芸

武此大王従て通ひける多人のささ浪道

一日御かさす五千人侍れ共如此歎

めあらてありきれなきささ浪路と

こまいらせたまへなら織まあふみを相

のぼりりうがいをみれんを都の花らしわたと

つれて孫此月すぐさすすすせふかひまてども

石山寺のへにある砂くゆかり扱人はささ浪遠

喜あひまし給ふ遠さもはさくささ浪と

宇治しかへて侍つれしかは故のうすれしはし哭

大乱起候節之證文何としてもうしれ候
きこちあもれ夫よあられせんさしたまへを
そ姫しき将軍もしちをは法ぶあるかるべき
これを莅せ七尺さあな以をは塙さうきあすさうけるめ
うみの子これ女房をとりもを切よい分ししと絶も。
けるさ。のろひめへらむこう好まさこぬ人なれた
おひめうすこれ世中よせんさい生れけ母殺
君めのころ前家はせんしの法く姫君
御へなうとのたまへとらぬ人のききれこうさん

ますゝめかされせられたわらへおくしておかい
しゝますまゝ敬ても侍らし侍とてもしかいまのさら
いまゆくゑもあすしらぬをきゝしうこそあすしらぬ候
うこまえはこなる中すなむしりせを存まで
給敷ハをを見ハこれゝうめ人々もそんとてもつゝを
慶年十よ時まゝ御所中ゝ書しるをかへ
ぬしへなるへく人々のきこえかいま法にのきぬ
一天下平の○たいらをまもしと宣おもくさう
御あみたにうへ〳〵よのあわりもろ十一のむかしわ

しも今をよくにまうせ給ふこゝのたれに通
うちとりゆへしらへうちもちすゑ給ふあ人のき
きこえさせ侍るをとくも◯と宜てかへつたるたゝ里の者
物きゝしとかおほ〳〵大きさてあつらへ給ふ
又人のきこえさせ侍りしかれはまゆるもしと
まうしおいてあれ候てとてまことに少しきこゆる
人あつられて目あはせ給ふへしともや
されたれて庭のしもさえさせられける
◯あら〳〵わかおかしつたる末はれた病は

一大事の山伏は十二ヶ月にニ三月までに皆
すゝはきもちつきあり又此比くまうはかりとも
節季あり此事の名残をこまんまといふ事之
おまの儀也之うこ三なる六日まゆくとおわこ外
言まゝ布すてしまひとゆしもん候ひけれ入てお
得有くしきやうとかし萬事ましかうわう古き紙
おこ錦あの事こしとすこれハたゝ人のとし給
つゝむう宅里に女中しとをうしかいゆる
大かたよもひ先しして取りてせんさい主へもつゆく

使を立よらせたまひ臣をあつめて古物語に
あつ古今のうきさ紙一人のおもひを和の心
をろかなる撰あまた宇ちらし歌うたたまへい世せい
かれ手きれ詠のおなをそく尊も志つめて
古今のちよしめいをふもしらくのをしえくみ
志ある故郷ならひをせまほしきさきいさ
さながらしのたまへる臣の職もて文武を
書をくされけれはいともよりよう一人所て春宮
人さねし職をなほ継あまた十歳のみかと

御こゝろ侍ひまゝしませてあつかれ給し女さいま
されてとくを時もたえとしかゝる道なるをほかう
おまけ住家をつ夜昼隙も無し思ひもよらぬ
事とくきさ(き)の[illegible]は後の世は鬼の女となと
成るゝれ今すゑをもこめ給れおとすい多人[illegible]
うらみをく夜と成る流る一人志はら[illegible]
盛りく(さ)きさらぬかなり縁ありき(と)も骨折し
とれも乱しとさいれかしまいす数大重のせんて
まかれもをけれるゝく御身乱し十二の海ちかき

おりふし文も給ありしかともまちかねへと答へ
恋しく思ひてつれなきこと情なくも
出させ給ひぬれはきさらきよりまちわひて寄
　煙りとはなにかあらねと白波の
　たちかへりぬるものを君とみんまし
とて給ひしを嬉しさにまたかへしもなくさいなみ思ひ乱
今さらにと思ふにいつれもあらぬそそろ
　うれしさはかきりなき身のあはれなれ
と書きて又これはなにかたまひ参らせ候

おくのきさき御まへなかめ給ひて暁上しあさ
ふしかへりけるんへうるさい秋の小袖をそへ
せんざいをみたいそだにあてかふことを思ひし
あるへしとおほしめす
あきつ山光りさしそむるをみれはおのれ井の
末つゆおちけるを屋しれぬ脂
ときは紀伊しまへのめくにられ日数の守すけき
末けらんたいまへあらてはつせし子こ
見いはれつ極まくのさき頭して流まかく

たいやよまゐりて御心通らは安楽せられ候
なお此ぬいなうしこの家はせんさいまゐらせ
たまゝよ入いつゑあきらみをいたしぬるかめ
めるとも尸されさけれて人生はぬるをかまゝ
し孔筆られ父母古郷を離住て二人の歎
冬せんさいまでもまされ歎の理の文人
ニ千人法ても家愛慰めとて家いなせるは
れしにも法し志ん志りなき然しとを申ひ法ほげの
ぬうぬと御はま追にいかけふそものくゝへ

あゐぬくいらくまへきとてあらはれてものゝ
いゝうゝゝゝいらくのか袖たもとをもて御
まちをいめとせんさい王の姫を　せんしを
殿ては書西女阿闍世王とそへ含ら
ゐわく姫と云これまことなりよしやく
まよ婦若川あけ箭を切りてゝ
とゝの　　もてこしと申佐條
きさきを姫めをも栄せんさい王のたいへ
とも申しも條ゆへいらくまきちにはりしめを

まかすは太臣の姫君をむかへんとせしにあかれ給ひ
だいりをいでさせ給ひて門をいでさせ給ひ
御心もあはれとこそ思ひ繁りて現ならぬ物とおぼし
世の中をもよほしこれほどまでにうき世の姫君
志にて候ひしをまことは大臣殿より
縁の浅からぬを姫君へたてまつり給ひて
いづれかたに御身をくるしみ給ひ
君もよろこびこの度は一天の君の御位
ねがひしたまのはうをかなへんとていとなみけり

まことも十二月への船のたちぬれけると
そさんていの法花経第七の巻をよみけれ
多年おもひて出家せし十五歳の月の山路
を出ぬるくせまり禅をあくかもかまへ
詠めをむすぶ月のらんさうむかし庵にすれてある想へ
かくれたるありのくるとも御殿の中なれも
身は巌窟金剛をおもひし露の庵
何を思ひて錦をきるらん
と詠ししにたまひてこもの姫僧いかのくまなき寺に

大田ら分劇しき事十二三日と云を是れ元年の霖（ながさ）
の露は益を催し渋くしてを承りかくまれ
ちらばさいはと胡（ゆき）餘（あまり）の来りて盛（しほ）て蕪の恵（せめ）て
騒（さわ）がせたる戦をと打たれば不世耐その蝦と消え去
また能の清ちて廷意となる法進み無（わか）流れ諸（わし）は
されうらの（ささなみ）悪て来て後まり路
紅（ささなみ）河二更て滋り如路飯網られ
欄（しばし）しり、中の霰（かたし）飛しく一て
手根まで極りし唯（こと）木しくに変（こと）まて集め（うみなみ）

いへとも声をあけゝれともひそかに申ける
然るに武士あまたにて主君の命にまかせ
まことに姫君と申通給ひし様目とやら
まことにかくる唐土の古事をきこしめさるゝ
まくの花のまこと波のをしき引く寄せつゝ
あへなくもあまたいつ頃首切まゐらせて今と
任せ御身の祝言あれはれしより
やうやういつかたへも行かれ舞せんとやのものにと
ありてさいとうぢ三年ひとせ一年

なれ共今ハ何(なに)をか包ミ申さん唯我か願ひハ

七月ハもとより我か身をてたゞ一天の君(きミ)

神国(しんこく)に召(めし)出(いだ)されて既に后(きさき)の位に誓(ちか)ひ

三(み)つの輪をもつてあつかれてもとの身に成す

しこうして天女ひれをふりて是時舟大いにまします

鳥のあひに[illegible]きたるといふ也やかてめし

ゆへにこそ七月ハなされても織(しよく)の内にて耳

を持ちて中にて[illegible]しはしはし風を

向ハ今すくなきに月うつす情(こゝろ)ハ扉(とびら)

めんかまい気生迄めくらめし婦の生かく
くつせ叔べと寄せれも居たし皆れたまふを
濃姫しけれも識て置御のへたる手して給
うやしく姫の大下こし都りしまなかくしほ
一人のおのひましらひ謝りれしとだまふ事
頭うやうし勤を武士をましめいりて於れ
あれまたし叔をまるあとをむまひてほさ庭
よりまゆふまうめ母なをまいつせまし敷
さいごのあつのまへと仕まれし武士あのあまま

もちゐへはて重経のこゝろかはりけひ
いまはとてかくし給ひてまこと申ければ情有武士
しを脱は志川しはなれてまつらん
此中ゆる兵ひくきすみて甲の緒
手破吸とらむせむ前後ゆるも縫みじ
わたう脇のあひとかみ戦にはさいさつのみ
きこへしかど都しけれたまりて老をみ
あれさぬ八重のきちやみ門のしれの志を
のよろしあらぬりし情をいまへき内裏あれま

はやりの風のうつりかはらぬめでとなるつ
生れおやこを君思ひ給ひしくしくしく嬢
形見の銭山を見まいらせてさなすらば罪
あくぬも尾上を流し袖に去の又
はやしはやしてゆひそけし名染め
のうとをわんてんたいし居ておはする
ままりまなくせたるかんすてさ也
なりしはずわうたまへて一ねくのうちをもん
らく地せんさある一言をなしは山形成就

神ちかひにもまさる一言をもて誠こゝろえてやう
とこそ申されけれ一言をもてゑんまわうもきこえんは
其身一言も父母がたひけ其身一言をも
けい申さりとてやらんやこれとこれ
いろくたむけのとちのはなれしや
まことに是非かきりこともて
みやしそのもの
縁のたねのふとし
あかしてかうしやうに

こなたへすまらす今はとやかくいふもしこれし
ここくとあるそれも武士はうらはぬならひ
はうしろへこそすれ御首まへの君のうへそ
おちぬのむなしけかりたるもうしろ君の
あるにはうつもて主君をかえ申しまして
其年三月十日むまの刻とや此方の武士
入来って落惕した君のさたなれ如きて
多くのものめんを加へまして志ゆう一人に
首を持まいらせの主をめへ参りてもてなし

むかし唐土には何の御代とかや申けるに都をとも
やうやうしくもとより玉の(玄宗)うてなに住給ひける所に天宝
清らを尽し夜昼なくめてまします、よろつひとつに清らを
さうらひけり、其頃の妖に殷の後(後宮)ありていひける(楊貴妃)
よきうたてあたりにへて世の中一人の達人(禄山)
さいまつの者この明の(琵琶)さる者ありけるに今は先
妖をそのまゝうしなひまゐらせつへし、何ともなし
うゐつるに武王(武王)こゝろうしまゐらせてへ
し、殷の紂(文王)王まゐらせてさうらひし事ありけ

夫婦ひとく南北乾坤をまつる此夫婦は
八百万人への念御なし昆虫の及
為と畢婦ふぞあこれらわ物も大主は
昆リのあけは子孫繁盛めでたき家んさんと
やせ婦ひとく死別せたまへとあさくも修せ
妻る事婦さうへ山の主あ沢有す紀世
お婦ちよよ人ひおゝしとも活着の仰せん
のらんるかうれかうすみうき二めし
ますもと物も武居のむ久に浮びひとく二あう

なかんづくあけまうり嫁せんとは儀
ことは此上なき後袖し女のひくいうく
かまひけば志ぐゑこらへなからへ娘ともあらせ
御身に志へまでたに女の一生いとするかことに七つま
かでとはわんてんたいやくいけなきんちうさ
わもとこしゝ童子をとまあれし志(ち)いしめ楽ふ
志てまとゑや澁(かんし)くいむかしゝうしたと血めう
なまれと作くれをれて救いとてま丈かして
うれつむかしゝうらを此ちゐる物まても

おもとり様（あにて）のほかくたとうんれをおゐまく
いまたりつ王子いくせんと彼らぬへてしは后
の身せのいし姫かきんさつくしといそ御生
出とく王子こそをゑよしこせし御身をし
八才とさとおみふしきの山のうゑにこもりた
らんあ侍りけりいろくのまれをみてましむ
妹はその妻の所へ詣ろひて王子のまきまいらせ
みはそれ美形あい申ておはしませ
あたへあちまいらせて王子あげまいらせ

物しらずなるけのう世給へし又も父母ん
としおぼしめしこゝあくまかうんと様しく候
思ふかしうせ給ひのあしあそこもひまへてあ
れひあひぼさまうて気れて物うそこら底ん
申しおもひてをうあひあはいかぞかりけるあ
の素おうやれくうきくもりやうの
白くをかれ渡り物語しさい物語しま
かくあるこひまそ松こてり大おうか
五十さまりちやさんは十日よまもちりよ母よ

とりを欲し漫をかすらしいけり敏こもち
ある母よとりもちんを観ゆかしきに終ひまと
ろくあるか髪と母こそ等こあめ佗もる
申ちはいうまや重子婦くし観にかくそよ
我白れのと此岩(いこ)のかまうく辰納(とうおさ)元ぬ
中中ときこうろ之婦くのあけさ国に流さ
風をぬうきんとくれ世けの軍(むさ)紀愛は風波
きのら紀を私つ法示の剣(なみ)に立原(そらく)よくやうるせ
我もたまゆす二さいとトしきえん紋のきらろ

こゝろ志や〜世なか父せんさい兵衛の甘山へ鄧の
衰りの年いられるとのこし置めて母を
もてそこうつくしのあしゆしのさまかはり
あはの后邊さ行くまれのひむしのはさま
志信なる事取を七月ちゅうには向て壁出
あひえたて武士のならきめう前を切られ
たまひまでうゑのはむとしさ死ついをたのミ
しわ母を總は今私の情をやしなきれしる
かえと十二歳まなかるを中十文我さし自かい

西方浄土にましまする南無阿弥陀仏　これ
へなうミ十　おしへをしへのことはりをまし
母の恩しき経には　くらしやうに誘んぬんを
ゆきかへり極竹をもつて十二年をまはしたまふ
れんけ　十二年ともめのはせんさうにて玉
んこくかさけせかゐうをまもりてゆうてんまかう
せきまましまに遣すうち経のはかま思召
りうあまり月日のうちすてそこしやうにまんそれて
こころしまへめへ極らめのあハへの経あて

かれせ業のあかしゆ始めて後文あるくりかめの我ハ
まかせたもんして志ゆかりし手まんあるり
おのむ殿かれしだんなる婦く気に殊に隙風めい
とうしからしへりしきこんしもちうまで度々の事
私も通らなますがさて六かしく御殿にく
おりしもしへ人のからしせんとて暇なる深い外し
ある日ハ四ツ所とせく鬼も有文日ハ参
らうさえ人を婦殿にいつかおうさあつ文書る
聟殿こだまなるかしもあつてん志やく思ひ殿

くすし者鬼を新人千万の数をきはめても
くのこゝろあくしらるをめんぜんとこいの
りをさせいめしゝゆへかくて六年まうて
しあそばしたりたまへてちか大王おはしまし
あまりぐいはまく后のこゝろさしふかく
あなをかつらつゝみしわはしまいれをも
あまりはげしくぞかくてものとも給
あはせまいるまい我殿を扇相に恵らし
めでたれをも大王の十二のきみをくりし

ゆきし白くおもせたるを見し〳〵末をとこかひ梅も
年月の積りのあらしと郷思ひ出てられしうさえたる
しこたるを見し〳〵もち気色我たいまへ〳〵ぞせられ
つねのまゝおもなはらにも人経る事も見ぬ
こすもさうてしも破(やれ)まそそて野さうつ見る
けまゐりて扇風をたまへる風景思ひたい
こゝちれもてまいりて婦はいとまと御なれしこと
しまつて在実て年頃在侍られける女一人傍に
まとめつ催せくゆかしの茅をなり給はせください

重さまもいらせられ翁〇たまひて栂尾君
ならの殿いく程なく吉てあかむし門の
法をとめひ法けられたなきいてりうき吉を
し
まれし春うつしめと申されもなしとめく
我をとどめらくれをは唯春面の殿つて七をむ
たなあへ翁みかしこまると申女ろくの表もなく侍
蹴鞠次んなられ君いって下歌すまうして
てんをまつりもうらしさにと申すせんの女本
かしな歌もまし申すをいろいそ鼓られいの

なうくまし ちんさい王たて稲荷大明神一通わと
敬ひて有陸よろこひ奉るはめぐども
六道とも感懐夢有いたれの海くなるを
あくまん同念信心ん志やうすいつの
もちすの恵んしいくせまいせと為め恭
くらゆかろのゆくへを後うしめしてゆう
陸けのおるとかしこのは物有はりしとり
まれしし夫は何といへ乗やんと自動門
せい甲めくてんの宅すてしにきらいてくまし

はけの樹のも紙引取りし白面しられ夕皆
の珠しとおし入まれて夕暮にもあるにまた
なるへし志川のめくを叙たら清ととさす
悉し年た西紙なまる○ま大日如の
うもう○をろんを子まは経之
梵字しをたは雲へ陀羅尼○を抑も廿日
秘といい川るるんて法華経○ねつまはなに后
不とさ之れを隔い是分両さ大日如来て唐
釈く仏とゆ中き秀つ是まさこへく魔

此怪ハむかしよりいふところの器百年を過て付喪(つくもがみ)

かゝる人々怪鏡をもやとも申されけれどもせん

さいはひ大いなるをまち一人見出させたまい

おかくの難和歌の見たまへかしくゑこぬ

まで歌をそれ詠みてすぎし日数やうやく

詠まれしこそあはれしきなれ千万の歌

を若くまゐらせし是をかしもの仕る

わりし紅の袴をも白き衣装の女房

の姿かたち見えたる物の風情ある

御とゝ立て御殿いらゐかへ御かへとゝ云也是
[illegible]てのつを郡の[illegible]あし事の
宮の姿てそまし[illegible]をはいうまでをも[illegible]
[illegible]おもいせたゆすへ[illegible]とて打つゝみ
たまへてを[illegible]時[illegible]の宮いつかは梅もこりかは
[illegible]清[illegible]をすゝ又母[illegible]君[illegible]
[illegible]を[illegible]情れくを[illegible]のひきまん
[illegible]へゆ幸なきなれのひもれくあへ
[illegible]むし清のすゝをゆひけられさ

武士此まゝかくれて比叡山十二谷の谷みねおして
いつてともみるかとに舞うちも遊く清くすこき致たく
あつすしても七清らしなさりし時主子たへ生
紙ぬのあか主子へもとて比叡山比縁御仏にあ
これこのかたてそあり座らんへ到(なる)まゝ
又故のもとい座しれいむ縁(ご)しもん座へ
まかせ比叡山まか賢もついゝ濁(ゆう)くに秘まりし亀と
のてくいのうち了んまで文とくいつまで
やま我白とかもし主子まゝ向顔岩のかへ

夜出を十丈とよりく也今南に九十日ス
此現前かくさま金ある岩をくらひてくと申
此所摂すいまの寳と申黒髪ましまし
中禅寺の湖若所へ来き人と申こそ死する
人を影の所かく新里か十ありく也観
帝引ありて申さし替あ申いとやたし志
やくのもの影く見いと申しとして今跡消
やくる来あの木おもとふ見え伝奉也落旅
れく流のさあるる物として黒髪娘しれと多

かりはいつともせんをこなく瀬てむせひあひされ
しきおほしあまさ(?)うち念佛ありさお
琵声ともしたる〇さくすうる鈴ひれも嫌さ
くかてあかおもむしきあさ人るのこものなとり
まむ飛むかはまうさうてんくわされ明されし
あかの院ねさたは〇のあしせあふこしの法セツ
八ツもかうてんそものなる刀いあらくさけもしいる
毛のこらうなりんの畏まさ紛れくにけ
めしつるいくぬなれこそあるはく人るうさへ大ぐ

まつとのそらめく志かしてまれ地のかへとは

りれられこそみあやまりされめかな殺

はてんでまつらうそうれしくかなしまてゝ

うきめのせんさいあまたとかく西志あう

由のあらしのあのよこより人之物なせんさい由

そきまんるかゆほるすゝ人の名あらはし

ほまをいしろれ佐いさい敵をそくに持を

あひそく七月とわしき武士のかゝらん

あつひなまみ志もしのいしゃ武士まむと

親をうしなひ十二にしてのつらさはいかにとゝ二たう
風にはやまひかれ孝を養ひて候へは信蓍
其時養父我こそ御父母なれとて
しきりにまれたり仰られけるも生れてはかなき人
なるたくいをもちむかしもこんなれはしのひおもひ侍て
こゝろの程およふすいかにしく父をやすらかに世の中の
をけりしやつれてもありなれとも安堵にてつたまへて候
おやかたの養ひて至孝をもておもひ御恩をこそ存知
つねてをうしなひてふたゝひは後にむかしいつ

なまいぬ御ことしあはれにかなしきものゝ侍る

てよしてそいましへの御事寄らせ給ひぬる殿よ

かるのかいりけるまゝおそる給ひありけれと男子福だ

又如しく并八文所蔵事忠勝人しくめの人事を依付

侍くさせけり後一しく日頃くりける概居せ置き

つんあへふてても侍るに任せて重子をしと供へし

さいらく室へ波つまいらせけれとも玉の

然めあ行をくりむしてまいらく事かへいる

よむろきにあひつゝ物かしきんへ書きかれたるか送

来らは人る也もの、今ふの后まて有さま也
春虫の如現見のつきかくれ蛍よ蝶をはせてん
何の事とをき思ひよ去るい激現かくとめ
まゆまは去年現れたくなりける和玉出
また、いる成人をく那ゝの我か色さるの為也れ
未世人さいなりもの之事の飛をらぬく如く
我か現観不さ蔓の法けるまゝ多てゝ色の
思へ届の一転のとあつて日常丸あてゝといのろ十
大事のうちしと申して御とあいれて成りて将軍也

人ハ世た大事とて器量ハ諸しうまき物いわ様ゟ
たかきも白銀すまき二つ上おなとのたまて枡い
時いまし あすもしは一と筋文三文の為いまにせめて
いつ只今まても あつまるもいら[illegible]まつ[illegible]
おめし[illegible] 銀あつまれたあまり[illegible]
あ[illegible] 銀し銭[illegible] あつまれは たしいの
年は[illegible] 百年[illegible]また文訳れたあいらぬ
此銀まで[illegible] あつかれたら家蔵二千両[illegible]
人のいま又ほをも見えて悪とつくしても百二十[illegible]

數へつゝ見れはゆめのうちよみこそ根本なりけれ一念は
れと一百二年なれと三万日ありけれともかきり
年をへて身をかへて三百日ありけれ十とせこゝろの根ざし
らるゝのむしろ卯の十大なる宵ちいさきわるゝをあら
きなかれはたましゐ宵の髑髏ばかりのこりとは
いうせんをあつかれと又文字の重宝をこ法く
こゝろねたるあれはかりけれ……
りてとゝろ……
こゝせん……

伯牙ならむとおもはるゝ琴の本末をしれるとて吾子にあたへ
を授しぬれは外人の琴の作法一とほりまて
つましく居すける琴中一人の琴の作法おほさ
ましきをは秘蔵せる琴の作曲あまたまて
あいなく参しか鶴たまへ南の琴をとりおい
ろせる琴を出しくの一こえの中になし曲
の○琴取出して吾子に渡しなからつまひ
あらせ[illegible]し[illegible]ひよ[illegible]らいうへ
[illegible]ひぬる[illegible]骨[illegible]へかひさきぬ

くりあたんと擲へらんたんとくく紀さいのつめへめ
ほか祢 諸あつめつれ あまりはゆるしさのあまりて
御百貫目さ 貯りたまふ 金銀銭百五十目とやうさ上の
さ奴銭ミのはて 又たまつて 里京の名残あて かしも形
利たまるをすり 下され 御座は 眉のまゆりて
わらくりとて おひろりたまへ 銭いつ紀あいし 故ゐ
然かたすき 十四日の うすの時と云 拙名 蔵並なしめ
あつもと 悦ひたまひと 大生宿 ゑ名 いよし
への 御 松 おゆしまりしたらいさは 儀 むせひ

たまひこれらあまたあつまれるを撰りたる物も大かたは
くらの藏の經到らひたまへるを伝へまゐらはにいたる
あり經むかしよりのあれなんへのおしへたまへる仏
志命のたまふ八此書はあんへ幽の大悲まして経
せらいてもかすとも志んはまくらの飛あのみち
おしへたまふ尊もれも世んさいる仏性たま
ひとへに肉草ま百色しうえん不はに仏すか二ッ
の秘経を出しやしは法の二でまつらん仏を経
と定給んめへしと大開へむかひとけたまへへも

よくく御書こてまつ大中の言ゝ人へ志ゆ
あきこてまつりて候ものゝかゝはせ里みなと
御らんいよ候て見おん候れ申候てそてまいらせ候
龍車志ゆゝ事へ参れ大事ゝ候ゝ大里取候
入道殿志ハ水仕候大中ゝ成まいらせさいゑいら
おほせられ候のはいとすまきおゝかのは候うなま
まもよの御のほうのさきにかすへかしの御まへ候ゝ候
たまひしかへ候こう見せきあれもまそとし
又龍車さへもとへ龍なかなきさへ志ゆゝ事の[illegible]まゐ

申十二月十三日むまれ給ふ日本紀にはしるす
いよみまいし はちの御さしはけれはさいしよの
またはたのこんがんいとつきの位なりなよ
れいそんあるへうそしてあれのまさしのうま
かみものむしと いつかさ方をわけにおいて三ツふなる
またはのまのはちろずれぬいふこのぬむしかさね
あらゆる御きよふの人名たすひけそ
いこ天皇のちよくすとしてはきかいうまとけ
こそしまいらせつきよきんしをすしぬふ破ま乃

ちうぺさいきのぺく所作也。御縁并されさる
くゝんとおんせん叉座ご瓦ていの物ともなりて
よれ候の賦こらいあつしれい候この
太こうへいの御座をんやさしでたるのはこころの
文を結びて又さ出さいさうらんす庵を縁へ経さ
三日ともして被露を斎まうしていま
庵の帝の庵さあつまる四月日生居よの四生の
あさ天ろまれし物いろせ家らへ金れ文れ
かたく許く帝生之事を縁段すてしかん

せんまくら。むくしかの志れの志らぬあつかされ
ゑん志やうハいきれらしをもてまいらせまいらせ
あすこゝの大いちにたとへ世の常の庭へとも
せんのらい涼しぬらしを舞んとの七夕里ん
之きん志やうをういまいらせ候涼しあ身けそく
こをとおでもあれの野と月浦のすのはい大たきと
いふ和き流されはえ表くの末々までたゞ佐里紙て
おんをふしまのあくうる秋まいらせ西よりきれ
かの井の帆かけし船を漕るもくもをとらんれん

金銀之しあはせさわこと立来紀飯いもおゝし
しやうねいの三尺を時のえれもごぬれ中を取きけたる紀
ざぶぢよ一人ますまんくくゝもと申り侍いかぢの
人のそますまたらけ申り侍ぢんえん亭ある
我付そ南天竺さい志やうの虫のもんいち寺の
御ゝ日本高麗のまて来る事いもて志やう
ちう紀扇生滅度もん為遠流を望めてやく
くこをとりけれりたなるあくりれそくと何
我もわくもん申りれなよ〇をとうしゆましあていて

まいらせよと仰ありて こゝろますの源は
私の一喜なかにしをとりて余りゆふくを致いつ
経と申せし大きなる事を致るが大名九十すゝと
仰せ有御伽はこゝに三経ぜん御梅付経
源のていうに御経んで天地おくの源まで
仰ういそてたきに こちくのなかや源をかれたま
ひそう箏笑ひゝ百ヶ箏ろ乙色新を三分まゐ
至経の源をこゝすとて 浅なしき源と仰ありて
御名くゝに巌源とはまた分申しおる時たくせんまゐて

せんりそのをもしめこたて文字原大権現(さんけん)より
毘沙門のいの御ゆつくし御せしたいれうかいの天
まちあともかせんさいまたり〇せみあはせとかく
せぬへてまれへの是与と仏菩薩(らうにく)まほかとの
ぢんぜんへとさや御くせんさいまよけ業これを地
一まうやつまてゆうしまうたことたての権現(こんもん)ともなほ居い
からかもく せんの王子の御かく弥勒地観音(くわんおん)
おつしまもる知(もちり)ずなるせんせんとかいらしふの上へ
のかそけくかか地十一面明王(めうちう)くあつ思ひなさいはい像のあん

おいまや申候てこれも私まいらせ候たゞのごぜん
申は御隙入御参おこしまいらせ候六日のよるの事
うちの事とは申なから誠の中ゝ御情ありかたく存まいらせ候御日数
あらつ御さしゆ申候ての事を三月十四日九月十四日
定候ハ、又ハ三月十四日たまはり候こそいつれもあり難く
の切れ候に付御ひ日ハ三月十四日又ハむかひまいらせ
いのち十しゆかる十四日ハ九月十四日へ御いれに候ハゝ
さしそへ二年の分もこのたひ御はなし候て申候八月も
被仰つかはされ候ひたしかにかしこまり候ニてよろしく御せんさい

主意にまかせ給ひし時なくさて墓所にいれ奉
うやいはく霊魂ハ魔をも付たまひてあかく
棺ましまし三日の霊魂を座しあいしゆごし
墓所の内にて法ゆしくたし思召て色躰をわかち
けたまふ尊き枝の御體の霊魂うつしさし
のくく大せんまんのこゝろしごとを蘇りひとせんとの
御破之あさてき書なるを行られては百二十様
まま乱りとはりをとるも三日のりみ月をむしまふ
割まさいの路河井の枝そ并をとさ乱しく

なかくにまよひ給ふ色のむくへせんの有様日月にまかせ
二乗のいこハ七種の悪をいこハ百日にてすへて
あいされくに身を害せんものまけの世にさい
あつからさる法華経に仏のかくる
志のそくみつまへこるけとのみちひく光明遍照
をいうさきあんうく志のせちのこれハ八言の
諸法のみへいぬいのまことわかれたる志のたく
とをいうくらんもん当の法師のこえ時よへんへとて
うけとをし常よりはしめ給ひしにそくしんの思ひ

忘者もねしやうかきこあれをきりしなまめけ
ごうそくしあんてんのせんしのなもしりうさちこ
しものわこいをたるをしけきしのわこをぬるを
ありをはかうをてはなをやくえてきこのおも
ひをおりて袖袂志わつゆをき袂いやしきもてを
笑よしやうこあんやなたいくぬえしとやされは
れもやたくせんまつしせうのうしたてのまとき
我てちんふしいてあふ千たひくおもかけあき
なきあ千こそいんかもさけ山しれらしもんやつは

こゝ村にてかくあはれにて榊の枝を一本
ころやこへあけむ十とせたくせんなまとりてもち
と王城へのみやこゆきしもんへおもむき
榊の枝をこゝろへおしく大やまへまいりて文をとりて
く天岳むの昼出たまつてくさやうへ行かと
うれしきたまくの御ありあはれさくりとてん
右中納言殿よりたまはる石の御状の御まぬれ
まゐらうゆきさまんのせみもうみて十二月廿二日は
寛永十年癸酉とし十二月ちう

弓一つの紀しをさらしめ榊と印として兵鉄
天下ゆゑ定家のてんせいこてん三九の左比
めでたくいつあれの世に流れて女大臣保阿
三千人百八十丈いさぎ激泉あら本へ八人のこぼし
かのぬきんをみへそ御まうききうしの志んさく
神しのみ陰いをあて加へしめ志あけとつとへかかさこまを
これをつらぬきりたいまおもひて由中しあ
もいちんこゝのこゝきハニてしくのちくしくるん
たらでを座てことちゝさい動きつゝ御ちるさ

都(みやこ)へわたりまゐらせ候まゝあなたへも御しらせ
申まいらせ候そへて百首百韻共にさしあけ申まいらせ候
とりあへす候まゝ御手本を御覧し被下候へく候
おほせの御けんふつせんめをかれ候て百日の内に
くさの(?)への時分のかさり候てかうらいを大
事にし候まへて御ゆたかにせんさまへまいらせ候
まゐらせ候まへ御ねんころにたのみ入候ところ

めでたく

延享元年甲子十二月廿二日

安藝國嚴島大明神之御寶前奉納經之旨
大明神之顯示給故也今生所願向轉之
得其旨要事緣難盡而只有嫌疑者不盡
之所望者事緣未詳後生可未思寸微也
將起御所生者之安成天之勝給一切所望也
依所作後息一示顯了諸佛之慈悲之志也
識者親昵之大慈大悲之濟頼之徵祐
世之諸佛所悪魔障之諸佛通法守護
仕給祐歟之福傳焉勝之嚴島之大明神

給也並ニクリットノ御申事也
此地を一と讀へきかきれしを入金銭
拙す處法花くまいりたる由よう相替り
しるうれ此れ給之候う寂元年三月十日
弟此胡法盛い法く一まのき此律更五十
於きをとや此い地定元の此法偏仰寂
來ノ如納信物ノ中るし一田ま

淺右領氏

解題

『厳島の本地』は、室町物語『熊野の本地』とよく似た物語として知られている。すなわち、舞台の多くはインドである。継子物の要素も有するため、興味深い作品として知られている。『厳島の本地』の簡単な内容は以下の通り。

天竺東城国の善哉王は、西城国の王女足引の宮の話を聞いて恋文を送る。善哉王は、宮の返事を見て西城国に赴き、東城国に連れ帰る。しかし、宮は善哉王の父王の千人の后達によって、深山で殺されてしまう。殺される直前に王子を産み、王子は獣達によって育てられた。やがて、王子は善哉王とめぐり会い、足引の宮を蘇生させる。善哉王・足引の宮・王子の三人は、日本へ渡り厳島大明神と現れた。

なお、『厳島の本地』の伝本は、数多くの写本が残されている。しかし、古写本は少なく、多くが江戸時代中後期の書写と考えられ、奥浄瑠璃と変わらない写本も多い。

以下に、本書の書誌を簡単に記す。

所蔵、架蔵

形態、写本、一冊

時代、［江戸中後期］写

寸法、縦二四・五糎、横一七・一糎

表紙、本文共紙表紙
外題、中央に「いつくしま御縁記」と墨書
内題、なし
料紙、楮紙
行数、半葉九行
字高、約二〇・五糎

室町物語影印叢刊47
厳島の本地
定価は表紙に表示しています。

平成二四年三月三〇日　初版一刷発行
©編　者　石川　透
発行者　吉田栄治
印刷所エーヴィスシステムズ

発行所　㈱三弥井書店
東京都港区三田三—二—三九
振　替〇〇一九〇—八—二一一二五
電　話〇三—三四五二—八〇六九
FAX〇三—三四五六—〇三四六

ISBN978-4-8382-7081-1　C3019